U0065689

閱讀123

國家圖書館出版品預行編目資料

黑白神醫大麥町. 2, 老醫神駕到／林哲璋文；cheng cheng圖. -- 第一版. -- 臺北市：親子天下股份有限公司, 2022.10
120面；14.8×21公分. --（閱讀123；101）
國語注音
ISBN 978-626-305-577-3（平裝）

863.596　　112013862

葉惠貞老師親編

閱讀學習單

黑白神醫大麥町 2

老醫神駕到

作者｜林哲璋
繪者｜ cheng cheng

責任編輯｜張佑旭
美術設計｜林子晴
行銷企劃｜張家綺

天下雜誌群創辦人｜殷允芃
董事長兼執行長｜何琦瑜

媒體暨產品事業群
總經理｜游玉雪
副總經理｜林彥傑
總編輯｜林欣靜
行銷總監｜林育菁
資深主編｜蔡忠琦
版權主任｜何晨瑋、黃微真

出版者｜親子天下股份有限公司
地址｜台北市 104 建國北路一段 96 號 4 樓
電話｜（02）2509-2800　傳真｜（02）2509-2462
網址｜ www.parenting.com.tw
讀者服務專線｜（02）2662-0332　週一～週五：09:00~17:30
傳真｜（02）2662-6048　客服信箱｜ parenting@cw.com.tw
法律顧問｜台英國際商務法律事務所・羅明通律師
製版印刷｜中原造像股份有限公司
總經銷｜大和圖書有限公司　電話：（02）8990-2588

出版日期｜ 2023 年 10 月第一版第一次印行
定價｜ 320 元
書號｜ BKKCD0163P
ISBN ｜ 978-626-305-577-3（平裝）

訂購服務
親子天下 Shopping ｜ shopping.parenting.com.tw
海外・大量訂購｜ parenting@cw.com.tw
書香花園｜台北市建國北路二段 6 巷 11 號　電話（02）2506-1635
劃撥帳號｜ 50331356　親子天下股份有限公司

立即購買＞
親子天下 Shopping
親子天下 有聲故事書

黑白神醫大麥町 2

老醫神駕到

文 林哲璋 圖 cheng cheng

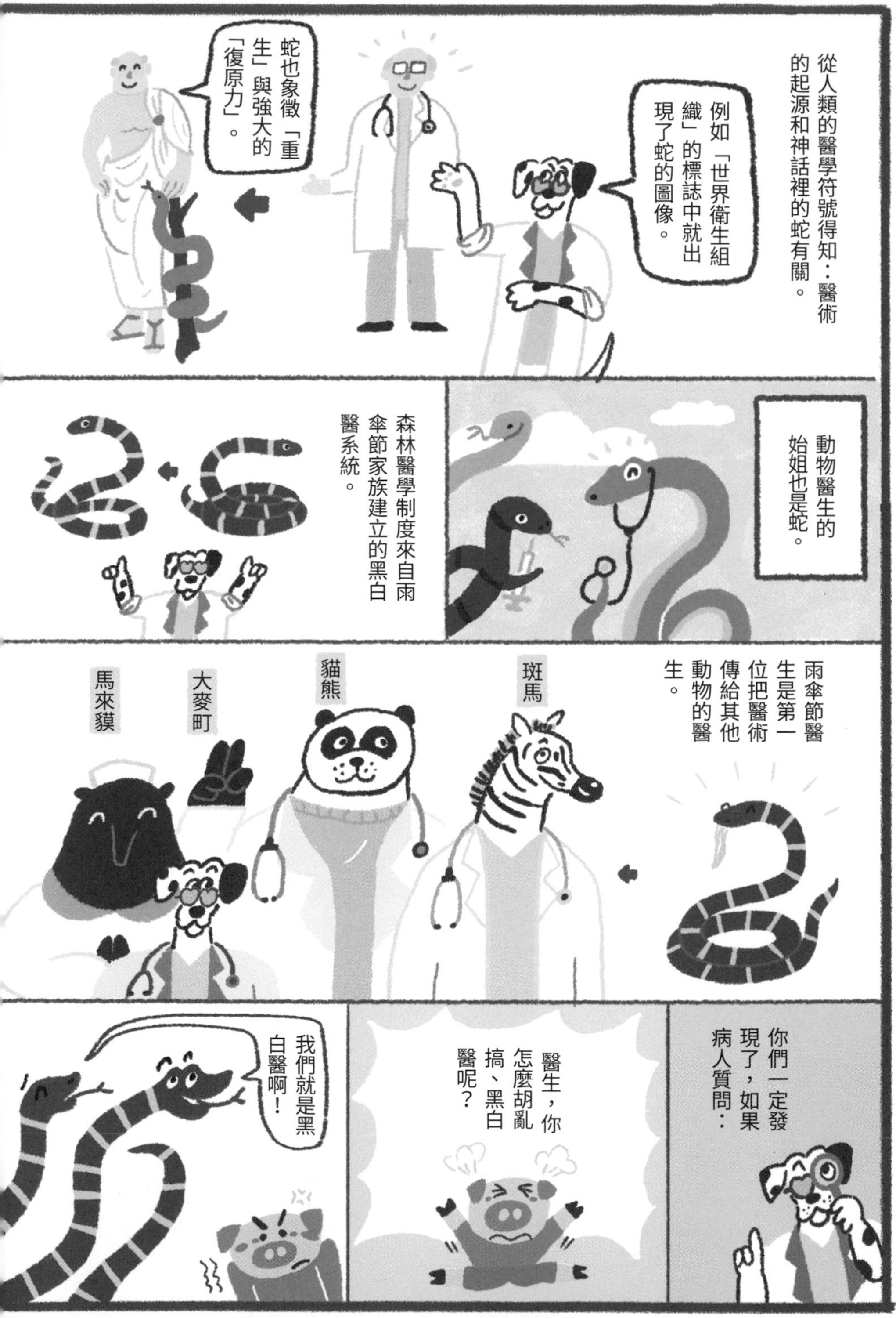
從人類的醫學符號得知：醫術的起源和神話裡的蛇有關。
例如「世界衛生組織」的標誌中就出現了蛇的圖像。
蛇也象徵「重生」與強大的「復原力」。
動物醫生的始祖也是蛇。
森林醫學制度來自雨傘節家族建立的黑白醫系統。
雨傘節醫生是第一位把醫術傳給其他動物的醫生。
斑馬
貓熊
大麥町
馬來貘
你們一定發現了，如果病人質問：
醫生，你怎麼胡亂搞、黑白醫呢？
我們就是黑白醫啊！

然而，自從醫術傳給蛇以外的醫生後，從斑馬大夫開始，統統立志成為視病患親人出的優良醫生。
醫生……
你沒事吧？
交給我們。
他們學習路邊攤「黑白切」的精神——
黑白切
我發誓
不管廚師有什麼食材，都有辦法烹調出好吃的料理。
黑白醫醫生手邊有什麼資源——
都有能力調配出有效藥方，恢復患者健康！
祝大家早日康復。

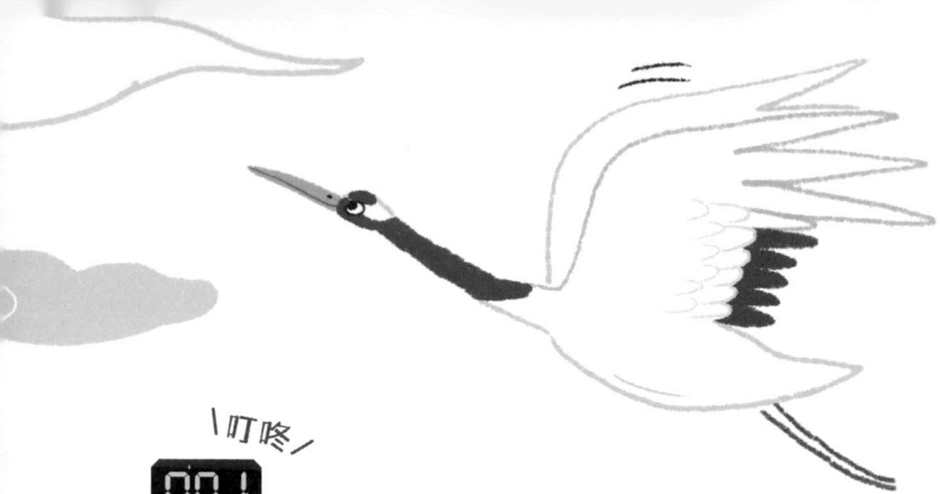

目次

叮咚
001
第一位
老鷹、老虎！

老鷹老虎的老毛病

老鷹先生和老虎先生上門求診，他們是大麥町醫生的老朋友、老相識，也是診所的老客戶、老面孔。

沒想到這兩位老病患上門鬧了老半天，堅持要大麥町醫生讓他們長生不老！

「醫生，請讓我們青春不老吧！一想到自己會老化，會變成老人家，就覺得心裡慌張、老是失眠。我們不想未老先衰！」

「兩位老友，你們這都是老掉牙的老生常談了，若是我有長生丹、不老藥，我何必在這裡賠老本、拚老命，四處去看病？」大麥町醫生嘆了一口氣，老實對他們說：「我老早吞了成仙去！」

「你是我們的老大哥，也是專治疑難雜症的老手，診所更是老字號，牌子老、信譽好。你有義務延長我們的生命——趕走可怕的死神、迎來長壽的壽星！」

老虎和老鷹
兩位老油條異口
同聲：「請你研
發長生不老藥，
到時我們一定扶
老攜幼，帶全家
老老少少、男女
老少來買藥。」

「長生不老？這種老掉牙的傳說你們也信？」大麥町醫生每隔一段時間，就得面對這兩個老兄弟丟給他的難題。

「別說當大老闆，就是給我當天王老子，也比不上長生不老來得好！」老鷹老話重提。

「我只能盡力！」大麥町醫生受不了這兩位老鄰居、老街坊像老頑童、老頑固一般的天天來煩，他們仗著老交情，不但騷擾他本人，還影響別的病患。

大麥町醫生發揮研究精神，大老遠來到老地方拜訪森林裡的老前輩、動物界的老爺子、醫學圈的老江湖、生活中的老行家——雨傘節醫生——請他幫忙想想辦法。

薑是老的辣，老奸巨滑的雨傘節醫生老神在在的一邊喝著老人茶，一邊老謀深算為大麥町醫生想出一條大妙計……大麥町醫生立刻依計行事。

成年時期
幼年時期

兩位老主顧被大麥町醫生請進診療間，他告訴老虎和老鷹：「地球最新發現的『長生不老』生物，叫燈塔水母。一般水母在生完小孩之後，就會老化，可是燈塔水母卻可以返老還童，變回小時候的樣子，一遍又一遍的再長大一次。」

「真有這麼一回事？」

「真的！」大麥町醫生老老實實回應：「你們想長生不老的話，首先必須要移民到燈塔水母生活的國度。」

老鷹望著老虎說：

「你會游泳嗎？」

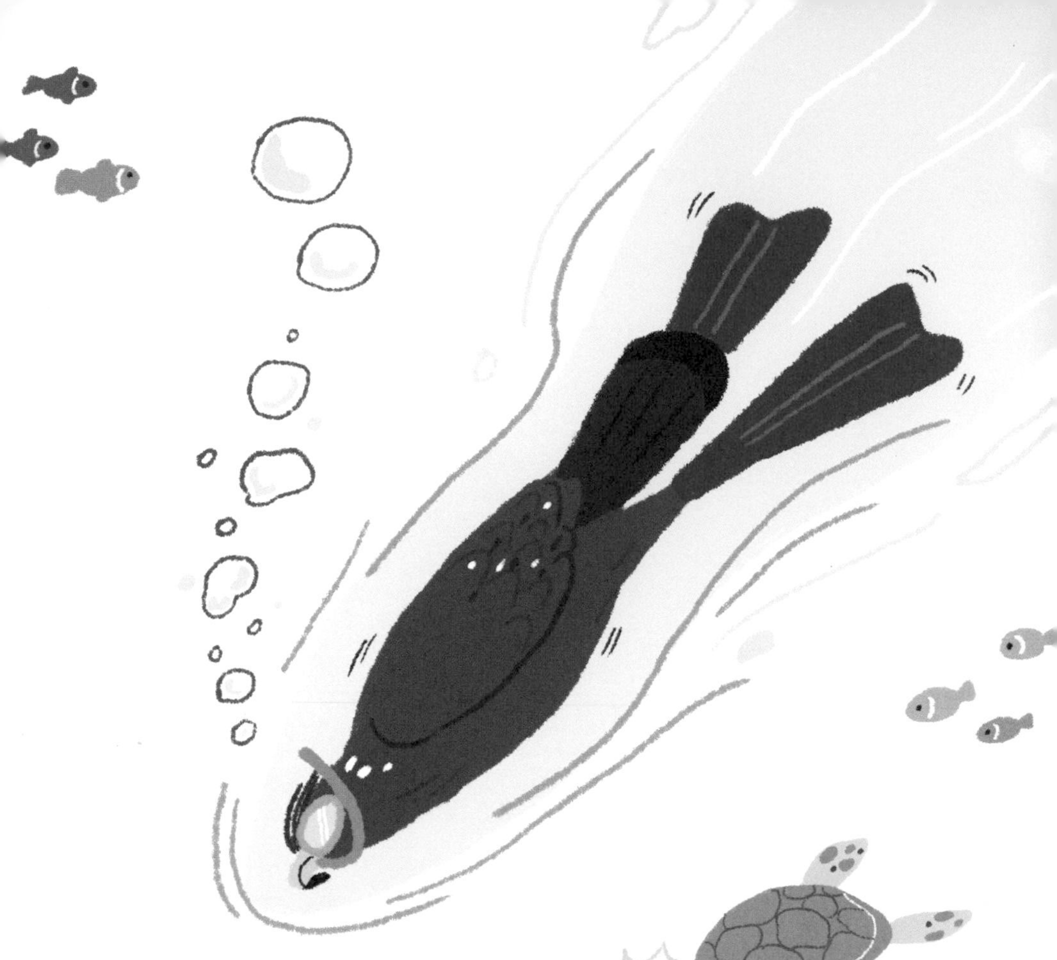

老虎看著老鷹說：

「你會潛水嗎？」

他們站在診所外的懸崖上，望著懸崖下的大海，想了很久，最後又跑回診所抓著大麥町醫生，老羞成怒的說：「有沒有其他長生不老的方法？不需要那麼科學，可以古老一點、傳奇一點！」

「那簡單，我知道一個浴火鳳凰的傳說——只要勇敢跳進火裡，不久就會從灰燼中重生！這樣就可以一直活下去，不怕老，不怕死！」

老虎和老鷹看著熊熊的火焰，仔細思考了一番，最後，老鷹和老虎放棄了，他們再三思量的結果，決定回老家和家裡的母老虎、母老鷹按原本生活的老樣子白頭偕老，讓夫妻的感情可以直到天荒地老。

雨傘節醫生寶刀未老，他傳授大麥町醫生這招扮豬吃老虎、仙人亂指路的唬人老把戲、騙人老本行，竟能奏效！讓大麥町醫生深刻體會，活到老，就要學到老！

病歷表
病患
老虎
傷病名稱
「逃避現實」幻想症
症狀
幻想長生不老
處方箋
置死地而後生，移民到燈塔水母王國、學浴火鳳凰跳進火裡，從灰燼中重生
複診狀況
老虎決定回家繼續過著對母老虎百依百順的日子

病歷表
病患
老鷹
傷病名稱
「腳不踏實地」幻想症
症狀
幻想長生不老
處方箋
置死地而後生，移民到燈塔水母王國、學浴火鳳凰跳進火裡，從灰燼中重生
複診狀況
老鷹決定回家繼續和母老鷹一起白頭偕老

叮咚
002
下一位
黃鶯小姐

黃鶯小姐不出谷

黃鶯小姐歌聲美妙動人，每唱完一首歌，她悠揚的美聲彷彿會在森林枝椏間流連不去。

黃鶯小姐的歌迷越來越多，演唱會的規模越來越大。

演唱會場地都是露天的，場地大、觀眾多，為了滿足歌迷，黃鶯小姐必須越唱越大聲，越哼越用力……。

漸漸的，黃鶯小姐嗓子啞了；

慢慢的，黃鶯小姐的聲音粗了。

黃鶯小姐驚恐的到診所找大麥町醫生尋求醫治。

「你只要多休息，讓嗓子有充足的時間恢復健康就可以了。」大麥町醫生開了一些養肺潤喉的補品，幫助黃鶯小姐養好嗓子、顧好喉嚨。

「我也知道必須休息呀，可是我的演唱會場次已經排到大後年底了，我不唱不行、沒吼沒聲——喉嚨再痛也沒辦法休假呀！」黃鶯小姐急得快要哭了。

「再唱下去，對你的喉嚨不好……」

大麥町醫生實話實說：「要不然，你學學人類偶像歌手『對嘴』好了。」

「對嘴？」

「我們診所的客戶裡有一群鸚鵡小姐，她們全是你的粉絲，你的每一首歌她們都會唱，而且唱得唯妙唯肖、難分真假。」大麥町醫生全心全意解決病人的痛苦和煩惱。

「但我從來沒有對過嘴……更不明白為什麼嘴巴動，竟不會發出聲音哪！」黃鶯小姐心慌慌，眉皺皺。

「我介紹水牛先生給你認識，他一天到晚嘴巴都在動……」大麥町醫生設想周到。

有了對嘴的設計，並從水牛先生那兒學到了「反芻」——先吞食物再吐出來咀嚼的對嘴功夫，黃鶯小

姐的嗓子得到了休息的機會。

但時間一久，有動物發現這個祕密，他們提出抗議：「雖然鸚鵡唱歌唱得很像，黃鶯對嘴對得很準，問題是我買票是為了聽原唱曲，不是來看模仿秀的……」

因為反對聲浪大，黃鶯小姐又來找大麥町醫生求救了。

「必須現場唱，又不想大聲吼，就只好增加你的音量，讓你唱歌不必太用力，飆音不用太勉強。」

「您是說麥克風？」黃鶯小姐提出質疑：「演唱會場地沒地方擺音箱，也沒插座可以插電哪！」

「用電？」大麥町醫生搖頭說：「那太浪費能源了！一點都不環保。」

大麥町醫生打開了他的回收倉庫。翻出當初醫治小狗先生皮膚病用的防舔圍脖，加以改裝，送給黃鶯小姐當喇叭。黃鶯小姐輕輕哼唱，美妙歌聲傳得老遠，輕脆嗓音震得好響，連白天靜靜睡覺的貓頭鷹和穿山甲都聞聲起床，捨不得睡，

決定馬上買票去黃鶯小姐的演唱會。

鸚鵡小姐們並沒有失業，她們被黃鶯小姐聘請擔任合音天使。大麥町醫生也把醫治貓咪的喇叭圍脖送她們。

最近，黃鶯合唱團多了一位新成員，他在娘胎內就自帶喇叭，是天生的好手。他的聲音收放自如，可細可粗，可柔可響，他是大麥町醫生診所介紹來的——傘蜥蜴先生。

傘蜥蜴先生每次下雨時都會把脖子上的傘打開，但雨仍然會一直淋在他頭上，這模樣害他常常被嘲笑，心裡悶悶好憂鬱，心情壞壞常生病，所以到大麥町醫生的診所求醫。自從大麥町醫生幫他介紹了這個演唱的工作，他便建立了自信，找回了尊嚴，活出精采的一生。

病歷表
病患 黃鶯小姐
傷病名稱 聲帶發炎
症狀 聲音沙啞、發不出聲、喉嚨痛、咳嗽
處方箋 喇叭圍脖當擴音器、由鸚鵡和傘蜥蜴組成的合唱團來助唱
複診狀況 黃鶯和合唱團合作無間，演唱會規模越來越大，名聲財富雙贏，皆大歡喜

叮咚
003
下一位
熊貝兒

熊貝兒生重病？

大麥町醫生出門賞雪，小豹子突然出現攔路求救：

「大麥町醫生，我的好友熊貝兒兩週沒出門了，我今天去找

他，一敲開他家的門，發現他病懨懨、昏沉沉，一副無精打采、無力下床的虛弱模樣……拜託您救救他！」

小豹子拉著大麥町醫生來到熊貝兒家，他不停唸著：「前幾天我們還一起玩耍，他活力十足、元氣滿滿，怎麼過了幾天，就不吃也不喝，叫都叫不醒？」

大麥町醫生拿聽筒往熊貝兒的肚子按了按、聽了聽，查不出什麼問題。他對小豹子說：「心跳正常、呼吸正常、血壓正常，只是打呼聲吵了一點，看起來沒什麼毛病呀！」

「誰說沒問題？正常的動物哪受得了不吃、不喝、不動這麼多天？要是換成您幾天幾夜不吃、下不了床，您還算健康正常嗎？」

來自各地的朋友們贊同小豹子的話，大家指責大麥町醫生學藝不精、醫術不佳、經驗不足……

「這……這……明明就沒病啊！」大麥町醫生啞巴吃黃蓮──有苦難言。

「不管，您不打針就得開藥，您不開藥就得打針！要不

然……」小豹子和旁觀的親友威脅大麥町醫生。

「要不然怎樣……？」大麥町醫生寄希望於第三個選項。

「要不然您就得既打針又開藥！」動物朋友異口同聲。

大麥町醫生不想違背醫生的職業道德亂開藥、亂打針，結局是被熊貝兒的朋友碎唸一頓。

不得已，為了脫身，大麥町醫生只好開了維他命和水果糖當藥方——以免沒病的熊貝兒吃了藥反倒傷身。

開出藥方，熊貝兒的朋友滿意了，圍觀的群眾散去了，大麥町醫生才順利逃回家。

回到家後，還聽說小豹子到處宣傳他的藥方根本沒效，害熊貝兒依舊昏迷不醒。

大麥町醫生向啟蒙老師雨傘節醫生吐苦水，雨傘節醫生聽了之後卻喜孜孜的說：「這事好辦！所謂危機就是轉機，這種好機會，你應該把握，不該淪落到這種地步！」

說完，雨傘節醫生衝向熊貝兒的家，向小豹子等親友表示——

先前大麥町醫生開的藥無效，是因為熊貝兒生的病非同小可，不是凡間醫生可以治的。

「熊貝兒很幸運，讓我得知此事。他的病不能用平凡的方法醫治，必須以毒攻毒——

我這裡有『一睡再睡』仙丹一枚，讓他服下即無大礙。」雨傘節醫生提醒：「因為他積病日久，拖延太長，可能睡到來年立春才醒，這段時間，大家不必擔心。」

熊貝兒朋友拜伏，稱他為醫神！

大麥町醫生見雨傘節老師被簇擁歸來，大為佩服，細問原因。

雨傘節志得意滿的說：「普通的病人都想要恢復健康正常，這方面業務由你負責；頑固的患者需要神蹟，我就用造神的方法滿足他們，皆大歡喜！你的醫術治病醫病，為師的醫術催眠補眠——你的程度只能當神醫，我的境界卻能做醫神。」

大麥町醫生嘆了一口氣，他不得不承認老師的歪理也是理，他老人家「人歪理不歪」。

最後，大麥町醫生好奇的問：「老師，您那顆神丹是從哪兒弄來的？」

「那是我開給自己吃的舒眠好睡保健食品啦！我跟熊貝兒一樣，在冬天也得好好睡一覺哇！」

病歷表
病患 熊貝兒
傷病名稱 冬眠（無病）
症狀 不吃、不喝、不動、不醒
處方箋 醫神出馬，開「一睡再睡」仙丹一枚
複診狀況 黑熊春天醒來時，精神百倍，神清氣爽，身體也在不知不覺大了一號呢！

叮咚
004
下一位
老鷹、老虎

老鷹老虎求發財藥

老虎和老鷹上次索討「長生不老藥」沒成功，最近他們又突發奇想，要求大麥町醫生開給他們「發財」處方箋。

大麥町醫生摸了摸他們的頭，

把了把他們的脈，

皺眉發牢騷：

「你們額頭沒發燒、身體沒發熱、臉色沒發白、印堂沒發黑、手腳沒發冷、皮膚沒發汗、器官沒發炎，看起來沒發病……你們也沒喝酒，為何來這兒發酒瘋？發表一些莫名其妙、令人發笑的言論！」

「我們沒發瘋！」老虎搶先出面發聲：「我們只是發薪日到了，看著自己微薄的薪水，對比大老闆豪車別墅、花不完的財富，我們頭皮就發麻，

心裡就發毛，還發癢、發慌、發愁、發昏，簡直就快發狂……」

「那和我有什麼關係？我只是個負責發覺患者病因、發給治病藥物的醫生，如果你們發育有問題，可以來找我；『發財』這事我可沒發言的資格，你們找錯人、上錯門啦！」

老鷹發揮緊盯獵物、死抓不放的天分，發射哀怨的眼神光波，死纏活纏：「如果我們一直窮下去，住不起好房子、開不起好車子、吃不起好食物、養不起子女妻子——

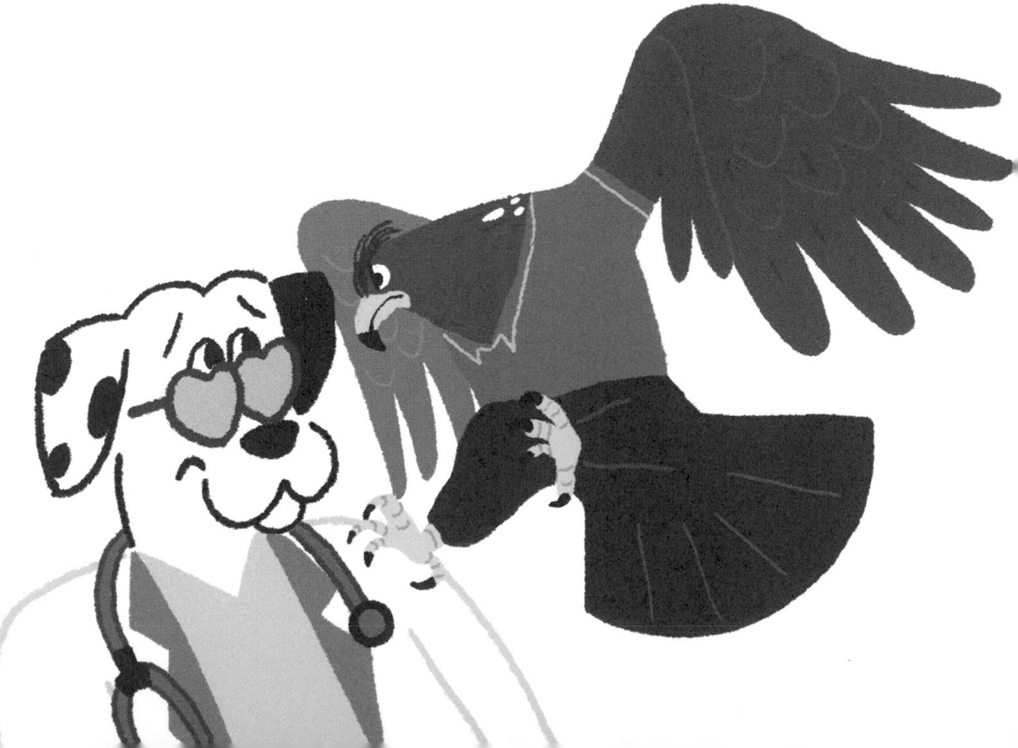

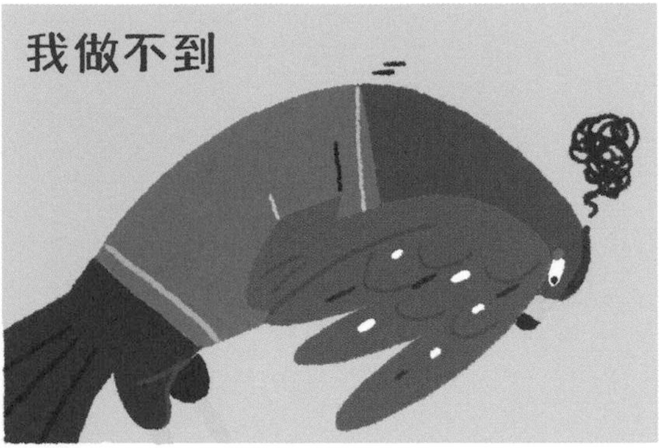

那麼，我們的自卑感就會發作，無力感就會發酵，發言沒人會聽，發誓沒人會信……事業無法發展，悶氣無處發洩，到那時我們會自暴自棄、暴飲暴食，然後發胖發福——高血糖、高血壓、高血脂——最後真的生病，又來找你治病……你也不想我們發生這種憾事吧！」

腰圍又胖了 0.5 公分了！
我要吃很多、很多！
我一定是生病了……

老虎接著發問：「醫生不是常說預防重於治療嗎？你應該預防我們因為貧窮發愁而致病，想辦法讓我們發達、發跡兼發財。如此一來，我們心情好，生活時常發笑，額頭總是發亮。你幫我們發了財，才算得上神醫——財神的神！」

後面還有很多病人在等，大麥町醫生已經忍無可忍！

老鷹和老虎還滔滔不絕、發憤忘食的想說服大麥町醫生：「其實，如果您能發明『發財』特效藥，對你診所未來的發展也很有幫助，如果——

我們發了財就可以投資您，大量生產『發財藥』，公開發售，全球發行，發函各國政府，發文慈善機構，哪裡有窮困的百姓，就給一顆發財藥，治好貧窮病。這樣一來，世界就大同，地球就和平，大家都幸福！」

大麥町醫生受不了他們在診所發號施令，忍不住大發脾氣：「大麥町不發威，你們把我當成一碗大麥片？你們沒見過發狠的醫生是吧！」

大麥片

大麥町醫生氣得發抖，正準備退還他們掛號費時，排隊的病患隊伍裡有人發話了：

「等一下！醫生，別發怒，請把這兩位患者交給我發落吧！」

說話的是森林裡專門發布新聞的大嘴鳥記者，他當記者這麼久，從沒聽過進醫院求發財藥的怪事。他職業病發作，立刻上緊發條，向報社發出採訪申請，報導了老虎和老鷹的發財夢，發掘了森林裡新一代的喜劇演員。

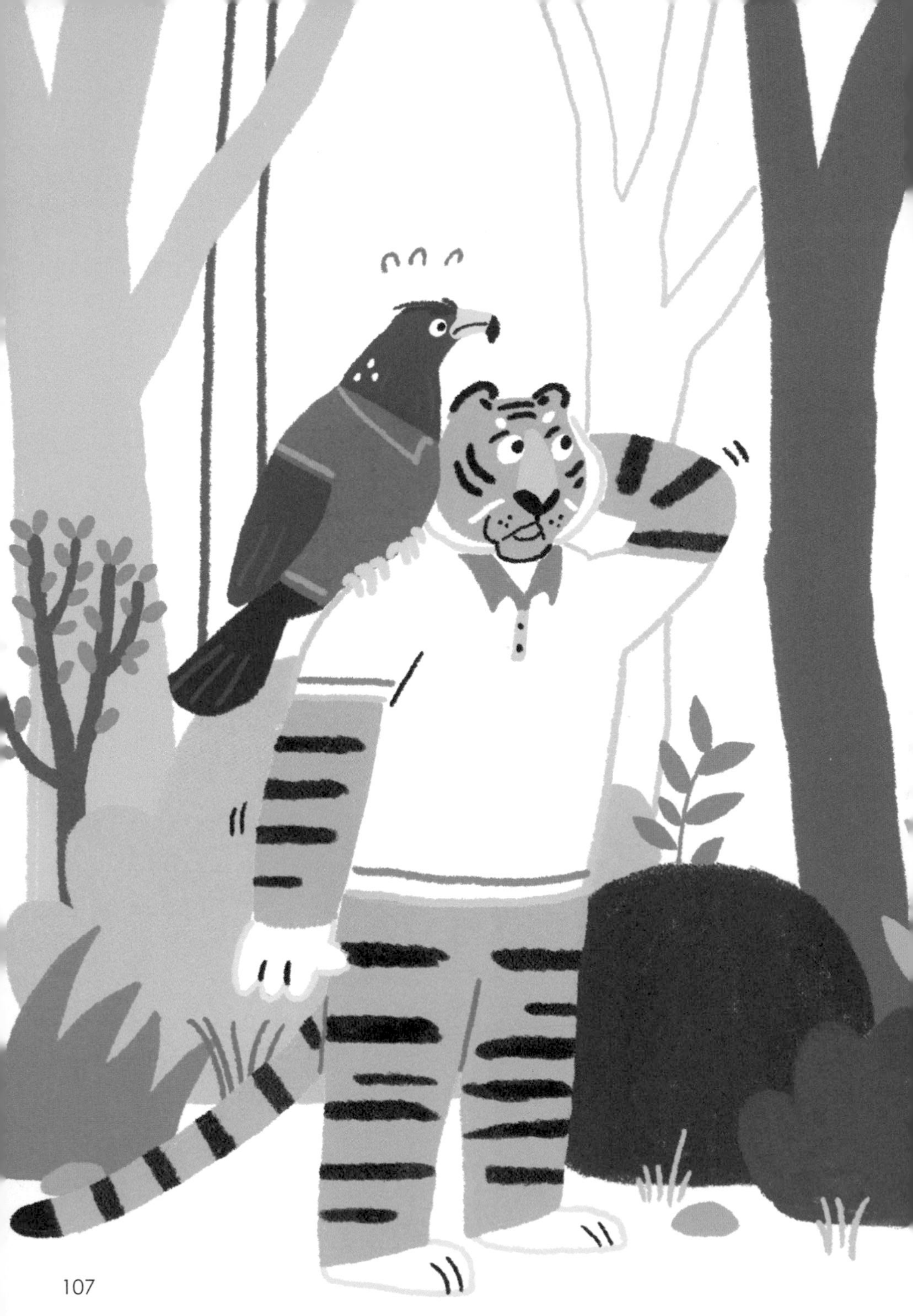

森林日報

老鷹和老虎上媒體正經八百訴說自己的發財夢，讀者和觀眾都以為是設計好的喜劇橋段；他們在認真思考時，大家都以為這兩個傻子是在發呆。他們在喜劇界發光發熱，業界公認這兩位了不起的演員把荒謬喜劇發揚光大，大家對他們的演出一致評價為：「發什麼神經！」

發粉見面會

最後，老虎和老鷹果然發大財了，他們還擁有很多粉絲，稱為「發粉」，發粉發起了很多追星群組，發動了不少造勢大會。

連大麥町醫生都認為他們的際遇發人深省。

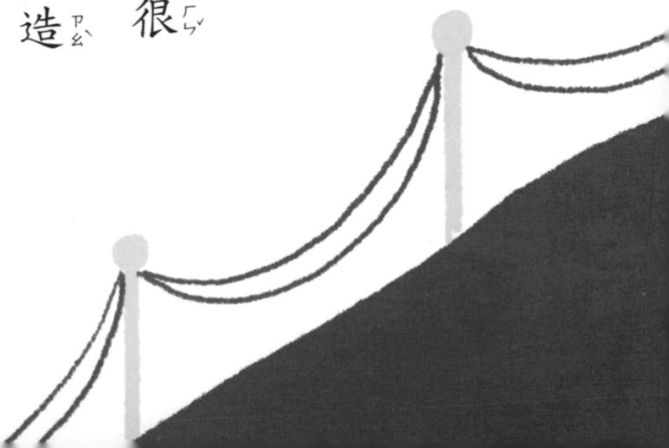

病歷表
病患
老虎
傷病名稱
幻想症、
貪得無厭
症狀
幻想發財、羨慕有錢人、心裡不舒爽
處方箋
大嘴鳥記者出馬，讓老虎訴說自己的發財夢
複診狀況
靠著痴人說夢話成了新一代喜劇演員，不僅有了「發粉」粉絲團，也實現了發大財的夢想

病歷表
病患
老鷹
傷病名稱
幻想症、
貪得無厭
症狀
幻想發財、羨慕有錢人、心裡不舒爽
處方箋
大嘴鳥記者出馬，讓老鷹訴說自己的發財夢
複診狀況
靠著異想天開的神奇腦迴路成了新一代喜劇演員，不僅有了「發粉」粉絲團，也實現了發大財的夢想

閱讀123